刘半农与他的诗

刘半农 著

山东城市出版传媒集团·济南出版社

图书在版编目（CIP）数据

刘半农与他的诗 / 刘半农著. -- 济南 : 济南出版社, 2017.11（2021.7重印）

（读诗吧）

ISBN 978-7-5488-2865-5

Ⅰ. ①刘… Ⅱ. ①刘… Ⅲ. ①诗集－中国－现代 Ⅳ. ① I226

中国版本图书馆 CIP 数据核字（2017）第 286420 号

出 版 人　崔　刚
责任编辑　李建议　雷　蕾
装帧设计　李梦肖
出版发行　济南出版社
地　　址　济南市二环南路 1 号
编辑热线　0531-67883204
发行热线　0531-86131728　86922073　86131701
印　　刷　阳信龙跃印务有限公司
版　　次　2017 年 11 月第 1 版
印　　次　2021 年 7 月第 2 次印刷
成品尺寸　150mm×230mm　16 开
印　　张　8.25
字　　数　95 千
印　　数　1—10000 册
定　　价　33.00 元

Preface——编者记

诗歌在中国历史上源远流长，绵延数千年，它犹如一颗颗璀璨的星，为你照亮过去，你可以肆意地徜徉在诗歌的长河中，感受世间美好。早在西周至春秋时代，我国诗歌就已产生了大批辉煌篇章，从先秦时期的《诗经》、战国后期的楚辞（骚体）、汉代的“乐府”诗，到诗歌黄金时代的唐诗宋词，一句句、一首首，无不诉说着诗人的家国情怀，或壮志凌云，或豪气冲天，或委婉悠扬，又或者更像是某人的细细耳语。诗人其实是告诉我们在人生成长道路上“勿忘初衷”，别忘了自己曾有一颗纯真“诗心”。

其实每个人的身体里都住着一个爱读诗的灵魂，只是我们在忙碌中总将它遗忘。《读诗吧》系列读物存在的意义就是为了唤醒国人沉寂已久的“诗魂”，就像央视节目《中国诗词大会》命题人之一方笑一先生在节目结束后说：“诗词的盛宴终将散去，激烈的比赛终将落幕，接下来正是翻开书卷，静心读诗的时候了。”

自1917年开始，《新青年》发表胡适的《白话新诗八首》作为中国新诗的开端，新诗的发展已有百年。自此以后与古体诗相对应的新诗这一诗歌形式便不断发展，形成了不同的诗歌流派，按照新诗发展的历史，我们邀请相关专家精选我国现当代文学史上具有巨大影响力的诗人的代表作，凝聚成《读诗吧》系列。我们怀着一份敬畏、一份使命，希望将这些经受住一次次严格的检验和磨洗之后的作品传承下来。

首先，我们精选了胡适、闻一多、戴望舒、徐志摩、林徽因等七位新诗诗人的经典名作。优中选优，为读者奉上第一季的书目。

其次，本套丛书将按照“诗人与诗”的编写体例，摘录诗人的生平资料，选用诗人各时期珍藏的图片，置入书中，与所选诗篇形成呼应和对比，让读者更近距离地了解诗人和理解诗歌内容。

再次，为丰富读者多层次的阅读需求，加入“朗读者”，邀请专业配音人员，以诗配乐朗读的形式呈现部分经典名篇，扫描二维码即可收听。并在书末加上了“诗抄”，形成了可读、可听、可写的新型诗集读本。

希望《读诗吧》能成为现代社会一股清流，充当起心灵导师的作用，并引导我们重新审视自己的生活，看看我们是否距离经典、距离文字太远了？

文字的力量，久违了。就让我们在一个慵懒的午后，看庭前花开花落，望天上云卷云舒，泡一杯陈年普洱，相约《读诗吧》，重新体会它、感受它……

目
Contents
录

关于 诗人

关于 诗

关于 诗人

白话新诗的拓荒者——刘半农

徐晓／文

刘半农最初尝试创作新诗和白话文，并在新诗形式上进行了种种实验和探索。1926年出版了诗集《扬鞭集》和《瓦釜集》。他的诗朴素、简洁、直白，用江阴方言写的山歌成就尤为突出。

刘半农对中国新诗的发展所做出的贡献是不可磨灭的。在新诗创作领域，刘半农与胡适、沈尹默并称为“初期白话三诗人”。“初期白话三诗人”的诗歌理论以及创作早在五四时期就已超越了文字本身，成为文学革命的旗帜。不过，“初期白话三诗人”中，在新诗这条路上走得最远的是刘半农。胡适是新诗的发轫者，因此在中国新诗史上有着不可摇撼的地位，但连他本人都承认自己的诗缺乏才气。沈尹默倒是才华横溢，周作人曾说：“那时做新诗的人实在不少，但据我看来，容我不客气地说，只有两个人具有诗人的天分，一个是尹默，一个就是半农。”大力肯定了刘半农的诗歌成就。

一个作家的作品总是不可避免地打上时代的烙印。刘半农也不例外。他的诗歌及诗歌理论都是“五四”新文化运动的产物。刘半农的诗歌所体现的精神内涵与中国传统诗歌是一脉相承的。他的诗立足社会现实，传承了风雅精神与唐代乐府诗歌忧国忧民的情怀。刘半农关注下层百姓的生活，他用他那支犀利的笔批判了当时许多不合理的社会现象，其本意是让人们透过表面的哀怨看到底层民众受的苦难以及社会背景的惨淡悲凉。《相隔一层纸》这首诗具有一定的代表性：

屋子里拢着炉火，
老爷分付开窗买水果，
说“天气不冷火太热，
别任它烤坏了我。”
屋子外躺着一个叫化子，
咬紧了牙齿对着北风喊“要死”！
可怜屋外与屋里，
相隔只有一层薄纸！

屋里屋外之间这一层薄薄的纸隔开了两个不同的世界，老爷和叫花子的生活形成了鲜明的对比。形成这种景象的原因是复杂的，与时代、社会息息相关。这首诗运用对比的手法生动形象地刻画出了当时社会贫富不均的状况，具有强烈的现实主义风格，诗人同情和关怀穷苦人民的生存现状，哀叹底层劳动人民生活的不易和艰难，表现出诗人那悲悯众生的情怀。

刘半农在诗中表现了各种各样的人生状况，有贫苦的下层人民，有穷困潦倒的知识分子，有日夜辛劳的学徒，有丧失尊严的妓女等。《学徒苦》这首诗中学徒的辛勤劳作与主人的作威作福形成鲜明对比，“腊月主人食糕，学徒操持臼杵/夏日主人剖瓜盛凉，学徒灶下烧煮”，这两句通过运用对比手法，把主人压榨、盘剥、虐待学徒的情景刻画得非常逼真。学徒进店目的是“学行贾”，而在店中却是异常忙碌：早晨起来扫地开门，晚上卧地守户；空闲时间要“执炊”“锄园圃”；奔走终日忙前忙后却食不饱、穿不暖。诗人通过对学徒在店中被主翁、主妇要求做的事情众多及繁重，而生活却得不到保障的具体描绘，表达了对店主的指责及对学徒的怜爱与同情。末段学徒于清清河流中，看到自己面色如土，感慨“生我者，亦父母”。这句诗体现了诗人具有追求平等自由的思想、希望弱小者也能够拥有尊严的愿望。

刘半农善于从民间语言中发现诗美的因素，致力于民歌收集与创作。在修辞与意象上也深受古典诗歌影响，很多诗篇写得优美典雅。他擅长挖掘普通人心中美好的情感，抒写人的至情至性，赞美人性的光辉与美丽。最典型的莫过于《教我如何不想她》这首诗，这首脍炙人口的诗歌，有一唱三叹、曲折繁复之美。这首诗被赵元任先生谱曲，广为传唱，至今仍受人们喜爱。该诗是刘半农1920年创作于伦敦留学期间。在异国他乡，诗人无从寄托离乡之情，于是作诗以抒自己的赤子之心：

天上飘着些微云，
地上吹着些微风。
啊！
微风吹动了我头发，
教我如何不想她？

月光恋爱着海洋，
海洋恋爱着月光。
啊！
这般蜜也似的银夜，
教我如何不想她？

水面落花慢慢流，

水底鱼儿慢慢游。
啊!
燕子你说些什么话?
教我如何不想她?

枯树在冷风里摇。
野火在暮色中烧。
啊!
西天还有些儿残霞,
教我如何不想她?

这首诗运用比兴的手法引出对不同季节里不同事物的描绘,形象地表现了作者丰富而复杂的内心世界。这首诗意象丰富,微云、微风、头发、月光、海洋、落花、游鱼、燕子、枯树、野火、暮色、残霞等,充溢着诗人对自然和生活的热爱,对家乡的怀念,也充分体现了他追求自由、渴望自由、寻求个性解放的思想和情感。诗句既舒展温雅,又富于幻想,更充满了激情。在这首诗中,每一段的开头渲染了不同的景色,以引起感情的抒发。每一段都营造了优美的意境,引发人们无尽的想象。同时,诗人采用西方抒情诗的一些特点，用一系列的排比反复吟唱，用生活中的白话来抒发心中强烈的感情。多重意象的运用，使得不同的场景组合在一起渲染出一种浓烈的感情，惆怅、缠绵、凄清层层递进，繁复的意象构成递进式的咏叹，使全诗显得摇曳多姿又回肠荡气。

这首诗无论是在意境的营造上，还是在抒情方式的表现技巧上，都是后来中国白话新诗的楷模，对中国的新诗产生了启发式的影响。另外，对于这首诗的主题，一直众说纷纭，“她”一般被理解为祖国和家乡，刘半农通过这首诗表达了自己的家国之思；也有人认为此诗是一首情诗。可见，刘半农也通过对自然景物的描写来抒写普通的美好人性。

刘半农还有许多描写自然风光的诗歌，比较典型的一首诗是《稻棚》：“记得八九岁时，曾在稻棚中住过一夜。这情景是不能再得的了，所以把它追记下来。”

凉爽的席，
松软的草，
铺成张小小的床；
棚角里碎碎屑屑的，

透进些银白的月亮光。

一片唧唧的秋虫声，
一片甜蜜蜜的新稻香——
这美妙的浪，
把我的幼稚的梦托着翻着……
直翻到天上的天上!……

回来停在草叶上，
看那晶晶的露珠，
何等的轻!
何等的亮!……

这是一幅有趣可爱的童年图景。幼时的梦被美妙的浪翻到天上的天上，可见稻棚中的这一夜在诗人心里是多么美好的回忆，躺在草铺就的床上，软软的还带着些稻草刚成熟时的香味，秋月皎洁，洒在大地上，透过草棚角的缝隙，照在幼童的席上，唧唧的虫叫声和甜蜜的新稻香，把孩子送进了梦乡。大地上成熟的香稻一望无垠，微风吹过，孩子的梦随着稻浪起伏，一直绵延向远方，一觉醒来，见到的是撒在草叶上的晶莹的露珠，何等的明亮，何等的轻盈，轻盈得随时都有可能从草叶尖上滑落下来，在阳光下折射出五彩的光辉。虫声、稻香、月光、露珠这些伴随儿童成长承载着幼时快乐的物象，在成年后最能引起无限的遐想。这首诗可以看作是诗人的真情流露，从中可以感受到诗人对自然、对童年的热爱和怀恋。

作为中国新诗的拓荒者，刘半农为新诗的发展尽献了自己的力量。世人将永远怀念这位爱国诗人，并永远记住他对新诗艺术做出的杰出贡献。

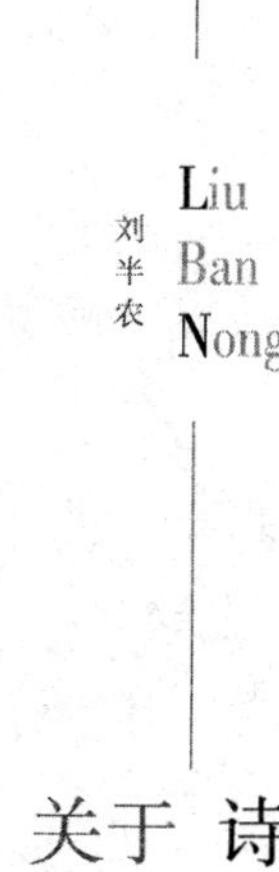
刘半农
Liu
Ban
Nong
关于 诗

游香山纪事诗

一

扬鞭出北门，心在香山麓。
朝阳浴马头，残露湿马足。

二

古刹门半天，微露金身佛。
颓唐一老僧，当窗缝破衲。
小僧手纸鸢，有线不盈尺。
远见行客来，笑向天空掷。

三

古墓傍小桥，桥上苔如洗。
牵马饮清流，人在清流底。

四

一曲横河水，风定波光静。

泛泛双白鹅，荡碎垂杨影。

五

场上积新刍，屋里藏新谷。

肥牛系场头，摇尾乳新犊。

两个碧蜻蜓，飞上牛儿角。

六

网畔一渔翁，闲取黄烟吸。

此时入网鱼，是笑还是泣？

七

白云如温絮，广覆香山巅，

横亘数十里，上接苍冥天。

今年秋风厉，棉价倍往年。

愿得漫天云，化作铺地棉。

八

晓日逞娇光，草黄露珠白，

晶莹千万点，黄金嵌钻石。

金钻诚足珍，人寿不盈百。

言念露易晞，爱此“天热饰”。

九

渔舟横小塘，渔父卖鱼去。

渔妇治晨炊，轻烟入疏树。

十

公差捕老农，牵人如牵狗。

老农喘且嘘，负病难行走。

公差勃然怒，叫嚣如虎吼。

农或稍停留，鞭打不绝手。

问农犯何罪，欠租才五斗。

一九一七，八，江阴

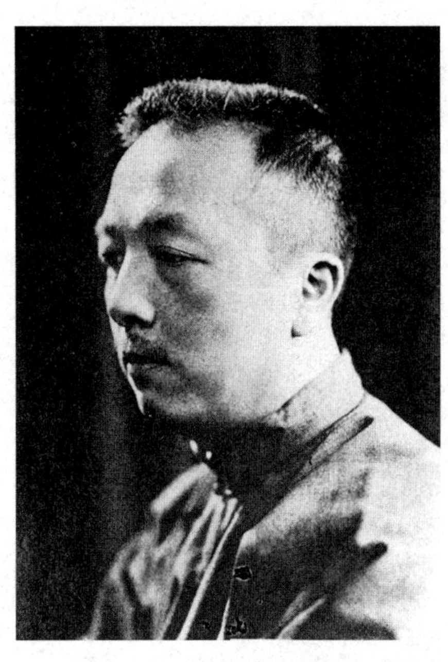

（大家诗歌典藏馆　提供）

刘半农像。

刘半农（1891—1934），名复，字半农。出生于江苏江阴城内清贫的知识分子家庭。他是“五四”时代文学革命运动中的一员勇将，是近现代史上我国著名的文学家、诗人、语言学家和教育家，也是我国早期摄影艺术理论家。刘半农一生著作甚丰，所作新诗多描写劳动人民的生活和疾苦，语言通俗。创作了《扬鞭集》《瓦釜集》《半农杂文》，编有《初期白话诗稿》，学术著作有《中国文法通论》《四声实验录》等，另有译著《法国短篇小说集》《茶花女》等。

相隔一层纸

屋子里拢着炉火，
老爷分付开窗买水果，
说“天气不冷火太热，
别任它烤坏了我。”
屋子外躺着一个叫化子，
咬紧了牙齿对着北风喊“要死”！
可怜屋外与屋里，
相隔只有一层薄纸！

一九一七，十，北京

其实……

风吹灭了我的灯，又没有月光，我只得睡了。

桌上的时钟，还在悉悉的响着。窗外是很冷的，一只小狗哭也似的呜呜的叫着。

其实呢，他们也尽可以休息了。

一九一七，十二，北京

案头

案头有些什么？一方白布，一座白磁观音，一盆青青的小麦芽，一盏电灯。灯光照着观音的脸，却被麦芽挡住了，看它不清。

一九一七，十二，北京丁巳

学徒苦

学徒苦!
学徒进店，为学行贾；
主翁不授书算，但曰“孺子当习勤苦!”
朝命扫地开门，暮命卧地守户；
暇当执炊，兼锄园圃!
主妇有儿，曰“孺子为我抱抚。”
呱呱儿啼，主妇震怒，
拍案顿足，辱及学徒父母!
自晨至午，东买酒浆，西买青菜豆腐。
一日三餐，学徒侍食进脯。
客来奉茶；主翁倦时，命开烟铺!
复令前门应主顾，后门洗缶涤壶!
奔走终日，不敢言苦!
足底鞋穿，夜深含泪自补!
主妇复惜灯油，申申咒诅!

食则残羹不饱；夏则无衣，冬衣败絮！
腊月主人食糕，学徒操持臼杵！
夏日主人剖瓜盛凉，学徒灶下烧煮！
学徒虽无过，“塌头”下如雨。
学徒病，叱曰“孺子贪惰，敢诳语！”

清清河流，鉴别发缕。
学徒淘米河边，照见面色如土！
学徒自念，“生我者，亦父母！”

一九一八，二，一八，北京

青年时期的刘半农。

刘半农自幼聪慧过人，6岁入塾读书，能作对联、咏诗。1907年考入常州府中学堂，不仅学习成绩优异，业余爱好也博艺超群。1911年应聘回母校翰墨林小学任教，并与吴研因等人编辑《江阴》杂志。辛亥革命中，他赴清江参加革命军，做文牍工作。

听　雨

我来北地已半年，今日初听一宵雨，
若移此雨在江南，故园新笋添几许？

一九一八，三，二四，北京

卖萝卜人

一个卖萝卜人，——很穷苦的，住在一座破庙里。

一天，这破庙要标卖了，便来了个警察，说——

“你快搬走！这地方可不是你久住的。”

“是！是!”

他口中应着，心中却想——

“叫我搬到那里去!”

明天，警察又来，催他动身。

他瞠着眼看，低着头想，撒撒手，踏踏脚，却没说——

“我不搬。”

警察忽然发威，将他撵出门外。

又把他的灶也捣了，一只砂锅，碎作八九片!

他的破席，破被，和萝卜担，都撒在路上。

几个红萝卜，滚在沟里，变成了黑色!

路旁的孩子们，都停了游戏奔来。

他们也瞠着眼看，低着头想，撒撒手，踏踏脚，却不做声！

警察去了，一个七岁的孩子说，
“可怕……”
一个十岁的答道，
“我们要当心，别做卖萝卜的！”
七岁的孩子不懂：
他瞠着眼看，低着头想，却没撒手，没踏脚！

1918年

沸　热

国庆日晚间，在中央公园里沸热的乐声。

转将我们的心情闹静了。
我们呆看着黑沉沉的古柏树下，
点着些黑黝黝的红纸灯。

多谢这一张人家不要坐的板凳；
多谢那高高的一轮冷月，
送给我们俩满身的树影。

羊肉店（拟儿歌）

羊肉店！羊肉香！
羊肉店里结着一只大绵羊，
吗吗！吗吗！吗吗！吗！……
苦苦恼恼叫两声！
低下头去看看地浪格血，
抬起头来望望铁勾浪！
羊肉店，羊肉香，
阿大阿二来买羊肚肠，
三个铜钱买仔半斤零八两，
回家去，你也夺，我也抢——
气坏仔阿大娘，打断仔阿大老子鸦片枪！
隔壁大娘来劝劝，贴上一根拐老杖！

刘半农和夫人朱惠。

按照江阴的习俗，男女双方订婚后很少见面。春日的一天，刘半农忍不住去了朱家，想看看未婚妻的样子。朱惠正在晾衣服，见到刘半农，惊慌失措，红着脸躲到屋内。刘半农匆忙中，只注意到未婚妻裹着厚布的小脚，看着心上人走路一瘸一拐的样子，刘半农很是心痛。他坚决反对未婚妻缠脚，并多次向长辈提出请求。刘半农的体贴深深地打动了朱惠的心，两人感情也一天天加深。1910年夏初，刘半农母亲病危，刘家想用结婚“冲喜”，免灾去祸。同年6月，中学还没有毕业，刘半农就与未婚妻朱惠仓促结婚。

他们的天平

他憔悴了一点，
他应当有一礼拜的休息。
他们费了三个月的力，
就换着了这么一点。

落 叶

秋风把树叶吹落在地上，
它只能悉悉索索，
发几阵悲凉的声响。

它不久就要化作泥；
但它留得一刻，
还要发一刻的声响，
虽然这已是无可奈何的声响了，
虽然这已是它最后的声响了。

一九一九，秋

铁　匠

叮当！叮当！
清脆的打铁声，
激动夜间沉默的空气。
小门里时时闪出红光，
愈显得外间黑漆漆的。

我从门前经过，
看见门里的铁匠。
叮当！叮当！
他锤子一下一上，
砧上的铁，
闪作血也似的光，
照见他额上淋淋的汗，
和他裸着的，宽阔的胸膛。
我走得远了，

还隐隐的听见

叮当！叮当！

朋友，

你该留心着这声音，

他永远的在沉沉的自然界中激荡。

他若回头过去，

还可以看见几点火花，

飞射在漆黑的地上。

一九一九，九，北京

民国八年的国庆

朋友!
眼泪呢，终于是要流的；
但在这一天上，
也何妨忍它一忍呢?

刘半农先生（左一）与北京大学中文系教师合影。

沈尹默（左二）、陈大齐（左三）、马裕藻（左四）、周作人（右二）。

1917年夏末秋初，刘半农任北大预科国文教员。他只身北上赴京，因未带家眷，一个人借住在三院教员休息室后面的一间屋子里。刘半农认为，北大的学生将来主要的不是做文学家，因此，不如多讲应用文。他上作文课，归纳了12点，要学生注意。如题目要认得清楚，文宜分段，要有独立精神，不用古字僻字，全用白话亦可，勿打滥调，引证当记明出处，篇幅不论长短，字体以明了为佳，等等。这些简单的话里，已融入许多白话文改革的思想。

牧羊儿的悲哀

他在山顶上牧羊；
他抚摩着羊颈的柔毛，
说：“鲜嫩的草，
你好好的吃吧!”

他看见山下一条小河，
急水拥着落花，
不住的流去。
他含着眼泪说：
“小宝贝，你上哪里去?”

老鹰在他头顶上说：
“好孩子！我要把戏给你看：
我来在天顶上打个大圈子!”

他远望山下的平原；
他看见礼拜堂的塔尖，
和礼拜堂前的许多墓碣；
他看见白雾里，
隐着许多人家。
天是大亮的了，
人呢？——早咧，早咧！

哇！
他回过头去，放声号哭：
“羊呢？我的羊呢？”
他眼光透出眼泪，
看见白雾中的人家；
看见静的塔尖，
冷的墓碣。
人呢？——早咧！
天是大亮的了！
他还看见许多野草，
开着金黄色的花。

一九二〇，六，七，伦敦

稿 子

“你这样说也很好!

再会吧! 再会吧!

我这稿子竟老老实实的不卖了!

我还是收回我几张的破纸!

再会吧!

你便笑弥弥的抽你的雪茄;

我也要笑弥弥的安享我自由的饿死!

再会吧!

你还是尽力的‘辅助文明’, ‘嘉惠士林’罢!

好!

什么都好!

我却要告罪,

我不能把我的脑血,

做你汽车里的燃料!”

岑寂的黄昏，

岑寂的长街上，

下着好大的雨啊！

冷水从我帽檐上，

往下直浇！

泥浆钻入了破皮鞋，

吱吱吱吱的叫！

衣服也都湿透了，

冷酷的电光，

还不住的闪着；

轰轰的雷声，

还不住的闹着。

好！

听你们吧，

我全不问了！

我很欢喜，

我胸膈中吐出来的东西，

还逼近着我胸膛，

好好的藏着。

近了！
近了我亲爱的家庭了，
我的妻是病着，
我出门时向她说，
明天一定可以请医生的了！
我的孩子，
一定在窗口望着。
是——
我已看清了他的小脸，
白白的映在玻璃后；
他的小鼻，
紧紧的压在玻璃上！
可怜啊！
他想吃一个煮鸡蛋，
我答应了他，
已经一礼拜了！

一盏雨点打花的路灯，
淡淡的照着我的门。

“五四”时期，刘半农与作家们合影。

前排左起：沈士远、刘半农、马幼渔、徐祖正、钱玄同。后排左起：周作人、沈尹默、沈兼士、苏民生。

1919年5月4日，五四爱国运动爆发。6月3日下午，北大法科8名学生在中央公园散发传单时，被拘留在北大第三院法科。刘半农等自称系北大代表，要求进去看看被捕的学生，但军警不许他们进去。次日下午，刘半农、钱玄同、沈尹默等20位北大教职员工举行紧急大会，商讨救援被捕的学生。同时期，蔡元培辞职出京，陈独秀被捕。《新青年》停刊了，大学放假了，刘半农带妻子和女儿回到了江阴。

门里面是暗着，
最后一寸的蜡烛，
昨天晚上点完了！

一九二〇，六，二三，伦敦

夜

（坐在公共汽车顶上，从伦敦西城归南郊。）

白濛濛的月光，
懒洋洋的照着。
海特公园里的树，
有的是头儿垂着，
有的是头儿齐着，
可都已沉沉的睡着。
空气是静到怎似的，
可有很冷峻的风，
逆着我呼呼的吹着。

海般的市声，
一些儿一些儿的沉寂了；
星般的灯火，

一盏儿一盏儿的熄灭了；
这大的伦敦，
只剩着些黑矗矗的房屋了。
我把头颈紧紧的缩在衣领里，
独自占了个车顶，
任他去颤着摇着。
贼般狡猾的冷露啊！
你偷偷的将我的衣裳湿透了！
但这伟大的夜的美，
也被我偷偷的享受了！

一九二〇，七，伦敦

教我如何不想她

天上飘着些微云，
地上吹着些微风。
啊！
微风吹动了我头发，
教我如何不想她？

月光恋爱着海洋，
海洋恋爱着月光。
啊！
这般蜜也似的银夜，
教我如何不想她？

水面落花慢慢流。
水底鱼儿慢慢游。
啊！

燕子你说些什么话?
教我如何不想她?

枯树在冷风里摇,
野火在暮色中烧。
啊!
西天还有些儿残霞,
教我如何不想她?

一九二〇,九,四,伦敦

一九二一年元旦（在大穷大病中）

彻夜的醒着；

彻夜的痛着；

从凄冷的雨声中，

看着个灰白色的黎明

渐渐的露面了，

知道这已是换了一年了。

奶 娘

我呜呜的唱着歌，
轻轻的拍着孩子睡。
孩子不要睡，
我可要睡了！
孩子还是哭，
我可不能哭。

我呜呜的唱着，
轻轻的拍着；
也不知道是什么时候了，
孩子才勉强的睡着，
我也才勉强的睡着。

我睡着了
还在呜呜的唱，

1921年4月，陈通伯摄于伦敦中国楼前。

傅斯年（前排左一）、刘半农（中排左一）、蔡元培（中排左二）、徐志摩（中排右一）。

刘半农在北大授课时，有人对他这样一个连中学都没有毕业的大学教授持怀疑态度。于是，在蔡元培的支持下，刘半农考上了公费赴英留学的资格。1920年2月，刘半农携家眷赴英留学。留英期间，妻子朱惠生下了龙凤胎。为了纪念在伦敦出生，刘半农给龙凤胎起名刘育伦和刘育敦。唯一遗憾的是，他们出生的时候，却是父母经济最困难的时候。在海外他乡，刘半农深深地怀念自己的祖国，想念国内亲人。他将思乡之情与苦难的生活经历写成一首首小诗。值得一提的是，在这期间，刘半农首次创造了“她”字，并第一次将“她”字入诗。

还在轻轻的拍；

我梦里看见拍着我自己的孩子，

他热温温的在我胸口儿睡着……

“啊啦!”孩子又醒了，

我，我的梦，也就醒了。

一九二一，一，一九，伦敦

一个小农家的暮

她在灶下煮饭，
新砍的山柴，
必必剥剥的响。
灶门里嫣红的火光，
闪着她嫣红的脸，
闪红了她青布的衣裳。
他衔着个十年的烟斗，
慢慢的从田里回来；
屋角里挂去了锄头，
硬坐在稻床上，
调弄着只亲人的狗。

他还踱到栏里去，
看一看他的牛，

回头向她说：

“怎样了——

我们新酿的酒？”

门对面青山的顶上，

松树的尖头，

已露出了半轮的月亮。

孩子们在场上看着月，

还数着天上的星：

“一，二，三，四……”

“五，八，六，两……”

他们数，他们唱：

“地上人多心不平，

天上星多月不亮。”

一九二一，二，七，伦敦

稻　棚

记得八九岁时，曾在稻棚中住过一夜。这情景是不能再得的了，所以把它追记下来。

凉爽的席，
松软的草，
铺成张小小的床；
棚角里碎碎屑屑的，
透进些银白的月亮光。

一片唧唧的秋虫声，
一片甜蜜蜜的新稻香——
这美妙的浪，
把我的幼稚的梦托着翻着……
直翻到天上的天上！……

回来停在草叶上，
看那晶晶的露珠，
何等的轻!
何等的亮! ……

一九二一，二，八，伦敦

回　声

一

他看着白羊在嫩绿的草上，
慢慢的吃着走着。
他在一座黑压压的
树林的边头，
懒懒的坐着。
微风吹动了树上的宿雨，
冷冰冰的向他头上滴着。

他和着羊颈上的铃声，
低低的唱着。

他拿着支短笛，
应着潺潺的流水声，

呜呜的吹着。

他唱着，吹着，
悠悠的想着；
他微微的叹息；
他火热的泪，
默默的流着。

二

该有吻般甜的蜜？
该有蜜般甜的吻？
有的？……
在哪里？……

“那里的海”，
无量数的波棱，
纵着，横着，
铺着，叠着，
翻着，滚着，……

我在这一个波棱中，
她又在哪里？……

也似乎看见她，
玫瑰般的唇，
白玉般的体，……
只是眼光太钝了，
没看出面目来，
她便周身浴着耻辱的泪，
默默的埋入那
黑压压的树林里！

黑压压的树林，
我真看不透你，
我真已看透了你！
我不要你在大风中
向我说什么；
我也很柔弱，
不能钩鳄鱼的腮，

不能穿鳄鱼的鼻，
不能叫它哀求我，
不能叫它谄媚我；
我只是问，
她在哪里？
“哪里？”回声这么说。

唉！小溪里的水，
你盈盈的媚眼给谁看？
无聊的草，你怎年年的
替坟墓做衣裳？

去吧？——住着！——
住着？——去吧！——

这边是座旧坟，
下面是死人化成的白骨；
那边是座新坟，
下面是将化白骨的死人。

你！——你又怎么？
“你又怎么？”——回声这么说。

三

他炎热的泪，
默默的流着；
他微微的叹息；
他悠悠的想着；
他还吹着，唱着：
他还拿着支短笛，
应着潺潺的流水声，
呜呜的吹着；
他还和着羊颈上的铃声，
低低的唱着。

微风吹动了树上的宿雨，
冷冰冰的向他头上滴着；
他还在这一座黑压压的

树林的边头，

懒懒的坐着。

他还充满着愿望，

看着白羊在嫩绿的草上，

慢慢的吃着走着。

一九二一，二，一〇，伦敦

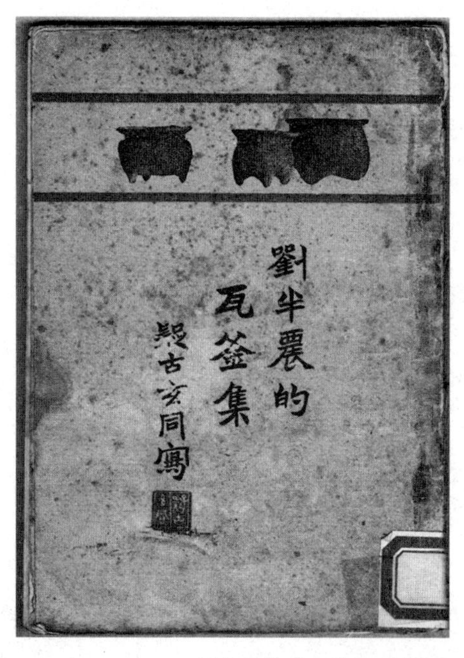

（大家诗歌典藏馆　提供）

刘半农《瓦釜集》，北新书局1926年4月出版。

《瓦釜集》是刘半农先生的代表诗集，作为我国新诗史上第一部用方言写作的民歌体新诗集，在中国现代文学史上具有里程碑的意义。

在一家印度饭店里

一

这是我们今天吃的食，这是佛祖当年乞的食。

这是什么？是牛油炒成的棕色饭。

这是什么？是芥厘拌着的薯和菜。

这是什么？是“陀勒”，是大豆做成的，是印度的国食。

这是什么？是蜜甜的“伽勒毗”，是莲花般白的乳油，是真实的印度味。

这雪白的是盐，这袈裟般黄的是胡椒，这啰毗般的红的是辣椒末。

这瓦罐里的是水，牟尼般亮，“空”般的清，“无”般的洁。这是太晤士中的水，但仍是恒伽河中的水?!

二

一个朋友向我说：你到此间来，你看见——印度的一线。

是。——那一线赭黄的，是印度的温暖的日光；那一线茶绿的，是印度的清凉的夜月。

多谢你！——你把我去年的印象，又搬到了今天的心上。

那绿沉沉的是你的榕树阴，我曾走倦了在它的下面休息过；那金光闪闪的是你的静海，我曾在它胸膛上立过，坐过，闲闲的躺过，低低的唱过，悠悠的想过；那白濛濛的是你亚当峰头的雾，我曾天没亮就起来，带着模模糊糊的晓梦赏玩过。

那冷而温润的，是你摩利迦东陀中的佛地：它从我火热的脚底，一些些的直清凉到我心地里。

多谢你，你给我这些个；但我不知道——你平原上的野草花，可还是自在的红着？你的船歌，你村姑牧子们唱的歌（是你美神的魂，是你自然的子），可还在村树的中间，清流的底里，回响着些自在的欢愉，自在的痛楚？

那草乱萤飞的黑夜，苦般啰又怎样的走进你的园？怎样的舞动它的舌？

朋友，为着我们是朋友，请你告诉我这些个。

一九二一，三，一〇，伦敦

歌

没有不爱美丽的花，
没有不爱唱歌的鸟，
没有一个孩子不爱哭，
没有一个孩子不爱笑。

没有没眼泪的哭，
没有不快活的笑：
你的哭同于我的哭，
你的笑同于我的笑。

哭我们的孩子哭，
笑我们的孩子笑！
生命的行程在哪里？——
听我们的哭！
听我们的笑！

一九二一，三，二三，伦敦

山歌（用江阴方言）

郎想姐来姐想郎，
同勒浪一片场浪乘风凉。
姐肚里勿晓的郎来郎肚里也勿晓的姐，
同看仔一个油火虫虫飘飘漾漾过池塘。

山歌（用江阴方言）

姐园里一朵蔷薇开出墙，
我看见仔蔷薇也和看见姐一样。
我说姐儿你勿送我蔷薇也送个刺把我，
戳破仔我手末你十指尖尖替我绑一绑。

刘半农在1930年的东北运动会闭幕式上与北京光社社员留影，右二是刘半农。

山歌（用江阴方言）

你叫王三妹来我叫张二郎，
你住勒村底里来我住勒村头浪。
你家里满树格桃花我抬头就看得见，
我还看见你洗干净格衣裳晾勒竹竿浪。

山歌（用江阴方言）

你联竿寱寱乙是寱格我?

我看你杀毒毒格太阳里打麦打的好罪过。

到仔几时一日我能够来代替你打,

你就坐勒树阴底下扎扎鞋底唱唱歌。

山歌（用江阴方言）

五六月里天气热旺旺，
忙完仔勺麦又是莳秧忙，
我莳秧勺麦呒不你送饭送汤苦，
你田岸浪一代一代跑跑跑得脚底乙烫？

苦雨斋常客沈尹默、徐祖正、周作人、沈兼士、刘半农、沈士远、钱玄同、俞平伯、马裕藻等人合影。

母的心

他要我整天的抱着他；
他调着笑着跳着，
还要我不住的跑着。
唉，怎么好？
我可当真的疲劳了！……

想到那天他病着：
火热的身体，
水澄澄的眼睛，
怎样的调他弄他，
他只是昏迷迷的躺着，——

哦！来不得，那真要
战栗冷了我的心；
便加上十倍的疲劳，
你可不能再病了。

一九二一，七，三，巴黎

我们俩

好凄冷的风雨啊!

我们俩紧紧的肩并着肩，手携着手，

向着前面的“不可知”，不住的冲走。

可怜我们全身都已湿透了，

而且冰也似的冷了，

不冷的只是相并的肩，相携的手了。

一九二一，八，一二，巴黎

巴黎的秋夜

井般的天井：

看老了那阴森森的四座墙，

不容易见到一丝的天日。

什么都静了，

什么都昏了，

只飒飒的微风，

打玩着地上的一张落叶。

一九二一，八，二〇，巴黎

卖乐谱

巴黎道上卖乐谱，一老龙钟八十许。
额襞丝丝刻苦辛，白须点滴湿泪雨。
喉枯气呃欲有言，哑哑格格不成语。
高持乐谱向行人，行人纷忙自来去。
我思巴黎十万知音人，谁将此老声音传入谱？

一九二一，九，五，巴黎

战败了归来

在街市中看见一幅刻铜画，题目叫“战败者”，画中有一个衣衫蓝缕的兵，坐在破屋旁一块石上，两手捧头，作悲思状。我极爱这画，可又因价钱太大，不能购买，只得天天走过时，向它请安而已。过了许久，这画想已卖去，我连请安的机会也没有了，心中可还是梗梗不忘；结果便成了一首小诗，聊以自慰。

战败了归来，
满身的血和泥，
满胸腔的悲哀与羞辱。
家乡的景物都已完全改变了，
一班亲爱的人们都已不见了。
据说是爱我的妻，
也已做了人家的爱人了！

冷风吹着我的面，

枯手抚摩着我的瘢，

捧着头儿想着又想着，

这是做了什么个大梦呢？——

一班亲爱的人们都已不见了，

据说是爱我的妻，

也已做了人家的爱人了！

一九二一，九，一五，巴黎

小　诗

许多的琴弦拉断了，
许多的歌喉唱破了，——
我听着了些美的音了么？
唉！我的灵魂太苦了！

一九二一，九，一六，巴黎

朱希祖、钱玄同、章太炎、
刘半农、马裕藻等人合影。

小　诗

酷虐的冻与饿，
如今挨到了我了；
但这原是人世间有的事，
许多的人们冻死饿死了。

一九二一，九，一七，巴黎

小　诗

眼泪啊！

你也本是有限的；

但因我已没有以外的东西了，

你便许我消费一些罢！

一九二一，九，一九，巴黎

秋　风

秋风一何凉!
秋风吹我衣，秋风吹我裳。
秋风吹游子，秋风吹故乡。

一九二一，九，二〇，巴黎

1932年前后，刘半农于北京大学语音乐律实验室。刘半农建立了语音乐律实验室，成为我国实验语音学奠基人。他先后创制了刘氏音鼓甲乙两种、声调推断尺、最简音高推断尺、四声模拟器等语音实验仪器。他先后记录了全国70多处方言，还借助研究语音的仪器测试古代乐律。

两个失败的化学家

我相识中，有两个失败的化学者，一姓某，一姓某。他们一生的经过，大致是相同的。一天晚上，我忽然想到，就做成了这首诗。

他们为了买仪器，
卖完了几亩的薄田。
他们为了买药品，
拖上了一身的重债。
这样已是二十多年了，
他们眼看得自己的胡子，
渐渐地花白了。

他们没听见妻儿的诅咒，
他们没听见亲友的讥嘲。
他们还整天的瓶儿管儿忙，

可是伤心啊!

他们的胡子渐渐的花白了。

他们的胡子渐渐的花白了,

他们的眼睛也渐渐的模糊了。

他们理想中的成功呢?

许只是老泪汍澜中的一句空话了。

他们都已失败了。

愚人啊!

谁愿意滴出一点的泪,

表你这愚人的悲哀?

但我是个愚人的赞颂者,

我愿你化做了青年再来啊!

一九二一,九,二三,巴黎

老木匠

我家住在楼上，
楼下住着一个老木匠。
他的胡子花白了，
他整天的弯着腰，
他整天的叮叮当当敲。

他整天的咬着个烟斗，
他整天的戴着顶旧草帽。
他说他忙啊！
他敲成了许多桌子和椅子。
他已送给了我一张小桌子。
明天还要送我一张小椅子。

我的小柜儿坏了，
他给我修好了；

我的泥人又坏了，
他说他不能修，
他对我笑笑。

他叮叮当当的敲着，
我坐在地上，
也拾些木片儿的的搭搭的敲着。
我们都不做声，
有时候大家笑。

他说“孩子——你好!”
我说“木匠——你好!”
我们都笑了，
门口一个邻人，
（他是木匠的朋友，
他有一只狗的，）
也哈哈的笑了。

他的咖啡煮好了，

他给了我一小杯，
我说“多谢”，
他又给我一小片的面包。

他敲着烟斗向我说
“孩子——你好。
我喜欢的是孩子。”
我说“要是孩子好，
怎么你家没有呢？”
他说“唉！
从前是有的，
现在可是没有了。”
他说了他就哭，
他抱了我亲了一个嘴；
我也不知怎么的，
我也就哭了。

一九二一，一〇，一，巴黎

刘氏三兄弟与长嫂朱惠。

中为刘半农及夫人朱惠，后刘天华，前刘北茂。从“五四”时期到20世纪80年代长达60多年的历史跨度中，刘氏三兄弟不断追求进步，以科学求实的精神，为弘扬和发展祖国民族文化呕心沥血，体现了中国优秀知识分子和艺术家的高尚品德。他们的不朽业绩赢得了人们的尊敬和爱戴，被誉为“江阴刘氏三杰”。

织　布

织布织布，

朝织丈五，暮织丈五，

尚余丈五！

一九二一，一〇，五，巴黎

荒 郊

荒郊古道，人疲马饥。
冥冥云合，悠悠鸟飞。
天之颠兮，地之底兮。
嗟我所思，将何以见之？

一九二一，一〇，五，巴黎

诗 神

诗神！
你许我做个诗人么？
你用什么写你的诗？
用我的血，
用我的泪。
写在什么上面呢？
写在嫣红的花上面，
早已是春残花落了。
写在银光的月上面，
早已是乌啼月落了。
写在水上面，
水自悠悠的流去了。
写在云上面，
云自悠悠的浮去了。

那么用我的泪，写在我的泪珠上；

用我的血，写在我的血球上。

哦！小子，

诗人之门给你敲开了，

诗人之冢许你长眠了。

一九二二，八

三十三岁了

三十三岁了，
二十年前的小朋友没有几个了，
十年前的朋友也大都分散了，
现在的朋友虽然有几个，
可是能于相知的太少了！

三十三岁了，
二十年前不能读什么书，
十年前不能读好书，
现在能于读得了，
可常被不眠症缠绕着，
读得实在太少了！

三十三岁了，
二十年前的稚趣没有了，

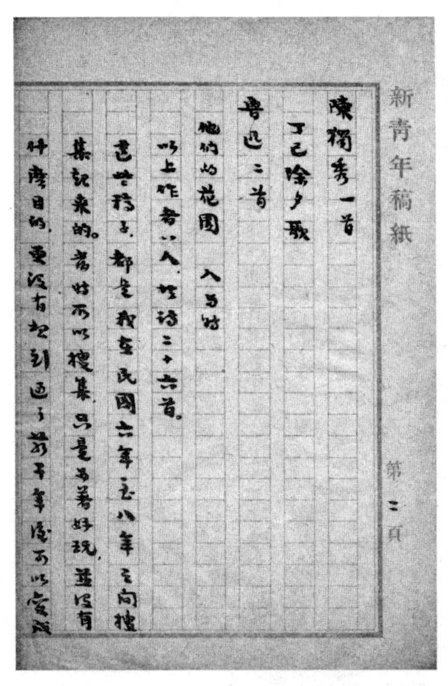

新青年稿紙

陳獨秀 一首

丁巳除夕歌

魯迅 二首

他們的花園 人與時

以上作者六人，共詩二十六首。

這些稿子，都是我在民國六年至八年之間搜集起來的。當時不以搜集，只是為着好玩，並沒有什麼目的，更沒有想到過了若干年後可以完成

第二頁

（大家诗歌典藏馆　提供）

刘半农手迹。其书法师晋唐人写经，参以刘墉笔意，浑厚古雅。

十年前的热情渐渐的消冷了，
现在虽还有前进的精神，
可没有从前的天真烂漫了！

三十三岁了，
回想到二十年前对于现在的梦想，
回想到十年前对于现在的梦想，
若然现在不是做梦么？
那就只有平凡的前进，
不必再有什么梦想了！

一九二三，四，巴黎

柏 林

大战过去了，

我看见的是不出烟的烟囱，

我看见的是赤脚的孩儿满街走!

去年到德国去，火车开进德境，满眼都是烟囱，可以看出当初工业之盛；但现在是十个里九个没有烟了。到柏林，看见无数的赤脚小孩。这分明是买不起鞋子（因为战前不这样），但是做父母的说：这样很合卫生，医生也说：这样很合卫生!

在柏林住了三个多月，昏沉烦闷，没有什么可写。只这一些，是初到时脑中得到的一个最新鲜的印象，也是离德以后，脑中还刻得最深的一个印象，所以现在过了近一年，还把它补记出来。虽只二十九个字，我却以为可以抵得一篇游记了。

一九二三，六，二，巴黎

江南春暮怨词

杨花雪样飞满天，
桃花血样流满川。
杨花桃花一齐落，
冷静关门任泪落。

一九二三，六，一一，巴黎

劫

街旁边什么人家的顽皮孩子，将几朵不知名的，白色的鲜花扯碎了，一瓣瓣的抛弃在地上。

风吹过来，还微微的飘起她劫后的香，可是一会儿洗街的水冲过来，她就和马粪混合了。

这一天的温暖明亮的朝阳光，她竟不能享受了。麻雀儿在街上，照常的跳着叫着。她与他本是很好的朋友啊！但她已不能回头和他作别，只能一直的向那幽悄悄的阴沟口里钻去了。

一九二三，六，一六，巴黎

巴黎的菜市上

巴黎的菜市上，活兔子养在小笼里，当头是成排的死兔子，倒挂在铁钩上。

死兔子倒挂在铁钩上，只是刚刚剥去了皮；声息已经没有了，腰间的肉，可还一丝丝的颤动着，但这已是它最后的痛苦了。

活兔子养在小笼里，黑间白的美毛，金红的小眼，看它抵着头吃草，侧着头偷看行人，只是个荏弱可欺的东西便了。它有没有痛苦呢？唉！我们啊，我们哪里能知道！

一九二三，六，二三，巴黎

我竟想不起来了

去年秋季，一日下午，在柏林南城Steglitzstrasse乘电车时有此感想，至今不忘。本日清早，梦未全醒，不知不觉间缀成此诗。

电车上挤得满满的，
我站在车窗外，
她坐在车窗里，
细看了又细看，
好象有些认识的，
可是我竟想不起来了。

大雨连天的泼下来：
大风摇撼着道旁的古树，
天翻地覆的响。
我衣服都已湿透了，

我人也快要冻僵了，
但我还不住的想，
不差吧！——
好象有些认识的，
可是我竟想不起来了。

乱箭般的雨点，
打花了车窗，
越发看不清她的面貌了：
能看见的只她胸口儿白白的，
模模糊糊的像被浓雾笼罩着，
啊！便是这么一些吧，
好象有些认识的，
可是我竟想不起来了。

一九二三，六，二四，巴黎

刘半农书法。

管继平在《纸上性情：民国文人书法》一书中谈刘半农的书法：“实在没想到半农先生的书法竟写得如此地道与漂亮，一手标准的‘写经体’，显示出不凡的书法功力。”（上海辞书出版社，下册238页）

梦

正做着个很好的梦，
不知怎的忽然就醒了！
回头努力的去寻吧！
可是愈寻愈清醒：梦境愈离愈远了！

眼里的梦境渐渐远，
心里的梦影渐渐深：
将近十年了，
我还始终忘不了！

要忘是忘不了，
要寻是没法儿寻。
不要再说自由了，
这点儿自由我有么？

一九二三，六，二九，巴黎

在墨蓝的海洋深处

在墨蓝的海洋深处，暗礁的底里，起了一些些的微波，我们永世也看不见。但若推算它的来因与去果，它可直远到世界的边际啊!

在星光死尽的夜，荒村破屋之中，有什么个人呜呜的哭着，我们也永世听不见。但若推算它的来因与去果，一颗颗的泪珠，都可挥洒到人间的边际啊!

他，或她，只偶然做了个悲哀的中点。这悲哀的来去聚散，都经过了，穿透了我的，你的，一切幸运者的，不幸运者的心，可是我们竟全然不知道! 这若不是人间的耻辱么，可免不了是人间最大的伤心啊!

一九二三，七，四，巴黎

忆江南

苦忆江南，写五十六字。昔仲甫谓尹默诗如老嬷，半农诗如少女，意颇不然。今自视此作，或者不免。因写寄尹默，令嬷嬷一笑。

桃花一抹红无底，小山青点桃花里。
平湖潋响打鱼声，渔歌歇处农歌起。

别此三年三万里，心里抛开缠梦里。
海潮何日向东流？为携几滴游人泪。

一九二三，七，八，巴黎

《刘半农传》对刘半农44年短暂的一生做了较为完整的展示，不仅包括他的成长过程、思想的变迁，还包括他在翻译、小说、杂文、诗歌创作、语音实验学以及文学、戏剧、教育改革等方面的贡献，兼及与蔡元培、胡适、陈独秀、李大钊、钱玄同、鲁迅、周作人、苏曼殊、赵元任、傅斯年、徐志摩、赛金花等历史人物的交往；并展示了他在戏曲、摄影、藏书、诗歌、音律等方面的才华；刻画了他的爱国精神、人格魅力以及体现在他身上的传统文化人诸多的优秀品质。

尽管是……

她住在我对窗的小楼中，
我们间远隔着疏疏的一园树。
我虽然天天的看见她，
却还是至今不相识。
正好比东海的云，
关不着西山的雨。

只天天夜晚，
她窗子里漏出些琴声，
透过了冷冷清清的月，
或透过了屑屑濛濛的雨，
叫我听着了无端的欢愉，
无端的凄苦；
可是此外没有什么了，
我与她至今不相识，

正好比东海的云，
关不着西山的雨。
这不幸的一天可就不同了，
我没听见琴声，
却隔着朦胧的窗纱，
看她傍着盏小红灯，
低头不住的写，
接着是捧头不住的哭，
哭完了接着又写，
写完了接着又哭，……
最后是长叹一声，
将写好的全都扯碎了！……
最后是一口气吹灭了灯，
黑沉沉的没有下文了！……
黑沉沉的没有下文了，
我也不忍再看下文了！
我自己也不知怎么着，
竟为了她的伤心，
陪着她伤心起来了。

我竟陪着她伤心起来了，
尽管是我们俩至今不相识；
我竟陪着她伤心起来了，
尽管是我们间
还远隔着疏疏的一园树；
我竟陪着她伤心起来了，
尽管是东海的云，
关不着西山的雨！

一九二三，七，九，巴黎

秧　歌

秧针芒细似眉梢，秧田水足如明镜。

镜里眉头笑语人，郎唱秧歌与侬听。

一九二三，七，二三，巴黎

记　画

买得旧雕板画一幅，中写圣希利那岛拿破仑墓。爱其笔笔是诗，以诗记之。

草自青青花自红，斜阳一角小山中。
短篱疏树围孤冢，憔悴当门执戟翁。

一九二三，七，二九，巴黎

1934年7月14日，刘半农在北平去世。刘半农去世后，全国各地报刊纷纷发表消息和纪念文章，《世界日报》《青年界》《人间世》等报刊特出了纪念专辑，收录了蔡元培、鲁迅、钱玄同、周作人等人的纪念文章。刘半农墓碑位于香山东北方向的玉皇顶上，玉皇顶以山腰有一座玉皇庙而得名。墓基是一个石砌方台，墓盖在方台之上；北端石砌基座上有一座方形大理石柱，南向立面镶嵌着刘先生的巨幅遗像。

母　亲

黄昏时孩子们倦着睡着了，
后院月光下，静静的水声，
是母亲替他们在洗衣裳。

一九二三，八，五，巴黎

三唉歌（思祖国也）

得不到她的消息是怔忡，
得到了她的消息是烦苦，唉!

沉沉的一片黑，是漆么?
模糊的一片白，是雾么?唉!

这大的一个无底的火焰窟，
浇下一些儿眼泪有得什么用处啊，唉!

一九二四，五，巴黎

面包与盐

记得五年前在北京时，有位王先生向我说：北京穷人吃饭，只两子儿面，一铏子盐，半子儿大葱就满够了。这是句很轻薄的话，我听过了也就忘去了。

昨天在拉丁区的一条小街上，看见一个很小的饭馆，名字叫作“面包与盐”（Le pain et lesel），我不觉大为感动，以为世界上没有更好的饭馆名称了。

晚上睡不着，渐渐的从这饭馆名称上联想到了从前王先生说的话，便用京语诌成了一首诗。

老哥今天吃的什么饭?
吓！还不是老样子！——
两子儿的面，
一个铏子的盐，
搁上半喇子儿的大葱。
这就很好啦!

咱们是彼此彼此，

咱们是老哥儿们，

咱们是好弟兄。

咱们要的是这们一点儿，

咱们少不了的可也是这们一点儿。

咱们做，咱们吃。

咱们做的是活。

谁不做，谁甭活。

咱们吃的咱们做，

咱们做的咱们吃。

对！

一个人养一个人，

谁也养的活。

反正咱们少不了的只是那们一点儿；

咱们不要抢吃人家的，

可是人家也不该抢吃咱们的。

对！

谁要抢，谁该揍！

揍死一个不算事，

揍死两个当狗死!

对!对!对!

揍死一个不算事,

揍死两个当狗死!

咱们就是这么做,

咱们就是这么活。

做!做!做!

活!活!活!

咱们要的只是那们一点儿,

咱们少不了的只是那们一点儿,——

两子儿的面,

一个镚子的盐,

可别忘了半喇子儿的大葱!

一九二四,五,八,巴黎

朗读者

扫描

二维码

倾听

王杨为你

读诗

张开口，用方言、普通话，或者其他语言，一起读诗，发出内心最朴素的声音……

选读诗篇：

稻棚

教我如何不想她

铁匠

相隔一层纸

诗 抄

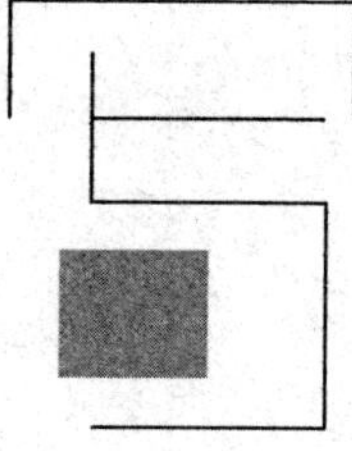

动动手，为自己、为他人、为内心写首诗吧！

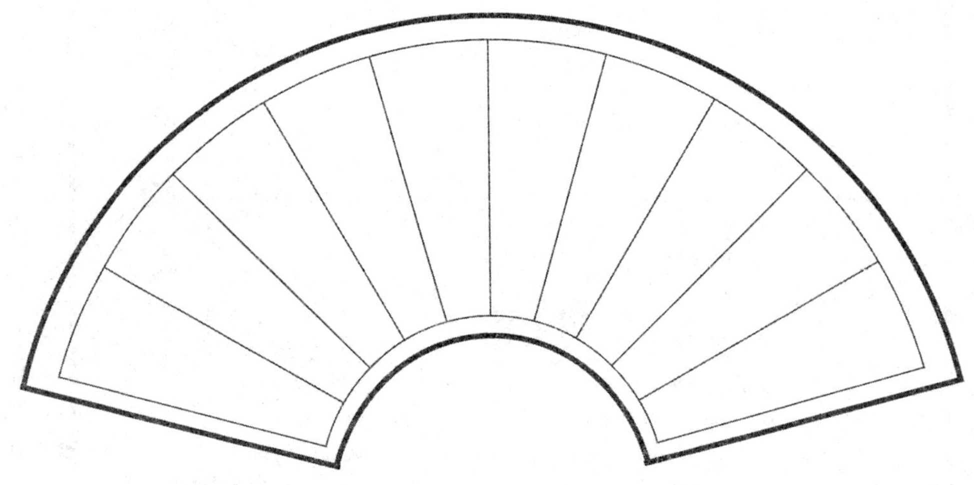

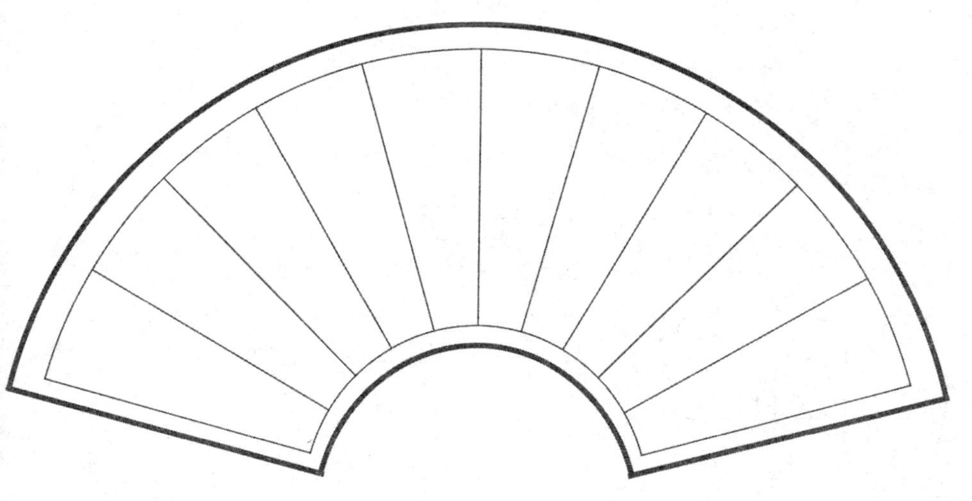

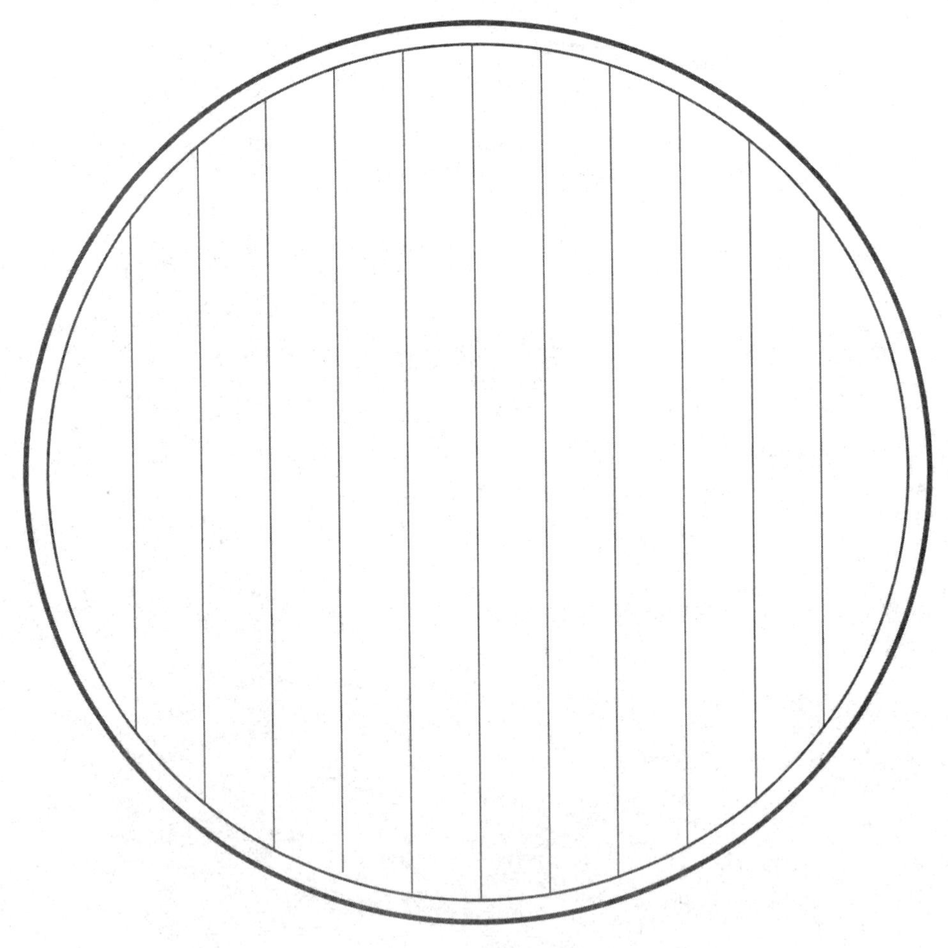